Die Abenteuer des Kalifen Harun al Pussah
von Goscinny und Tabary

Gefährliche Ferien

Szenario: Goscinny
Zeichnungen: Tabary

Delta Verlag GmbH · Stuttgart

DELTA VERLAGSGESELLSCHAFT mbH
Postfach 10 12 45, 7000 Stuttgart 10
Übersetzung aus dem Französischen: Gudrun Penndorf M.A.
Chefredaktion: Michael Walz
Redaktion: Andreas Boerschel
Lettering: Karin Quilitzsch
Titelgestaltung: Wolfgang Berger
Originaltitel: «Les vacances du calife»
© DARGAUD Editeur S.A., Paris 1968 – von Goscinny und Tabary
© DELTA Verlagsgesellschaft mbH, Stuttgart 1989
Druck und Verarbeitung: Franz W. Wesel, 7570 Baden-Baden
Vertrieb: EHAPA COMIC COLLECTION
ISBN 3-7704-0572-2

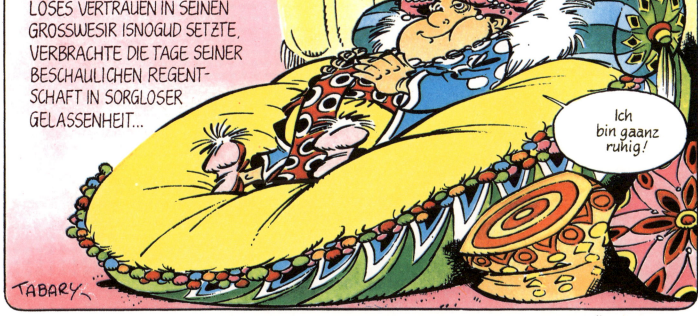

SOMMER-FERIEN

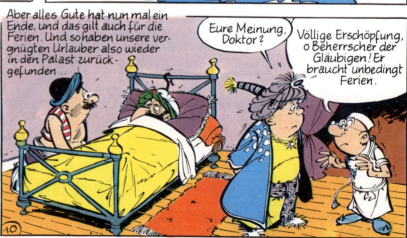